BLABLA BLABLA RIIIIIIING BIIIIIING

BLABLA BLABLA BLABLA BLABLA BLA BLA BLA

BLABLA BLABLA BLABLA BLABLA BLABLA

BLA BLA BLA BLA RIIIIIIING BLA BLA BLA

BLABLA BLABLA BLABLA BLA BLA BLA

BLABLA STOP BLABLABLA BLABLA BLA

BLABLABLABLA RÁPIIIDO BLABLA BLA

RIIIIIIIIIIIING BLABLABLABLABLA

TARDE TARDÍÍSSIMO BLABLA BLABLABLA

BLABLABLABLABLA BLA BLA BLA BLABLA

RIIIIING BLABLA BLABLABLA MIMO EXPRES

BLABLA BLABLA BLABLABLABLABLA

CIELO EXPRES BLABLA BLABLABLA BLA

RIIIIIIIIIIIIING RIIIIIIIING BLABLA

TARDE TARDE TARDE TARDE TARDE TARDE

MIMO MIMO MIMO MIMO MIMO MIMO

Inspirado en una idea de mi hijo Édouard

© 2012, Editorial Corimbo por la edición en español
Av. Pla del Vent 56, 08970 Sant Joan Despí, Barcelona
e-mail: corimbo@corimbo.es
www.corimbo.es
Traducción al español de Rafael Ros
1ª edición Septiembre 2012
© 2011, l'école des loisirs, París
Título de la edición original: «Câlin express»
Impreso en Grafiche AZ, Verone
Depósito legal: B-15179-2012
ISBN: 978-84-8470-456-0

Émile Jadoul

MIMO EXPRÉS

Corimbo

¡Atención, atención!
El papá exprés de las 7,30 h va a salir **en menos** de un segundo. ¡Atención a la salida!

¡Se vaaaaaa!

¡Cieloexpreshasta

lanocheeeeeee!

Cada día igual.
Mi papá
es un P.A.V.
¡Un Papá
de Alta Velocidad!

A mí no me gustan

los mimos exprés.

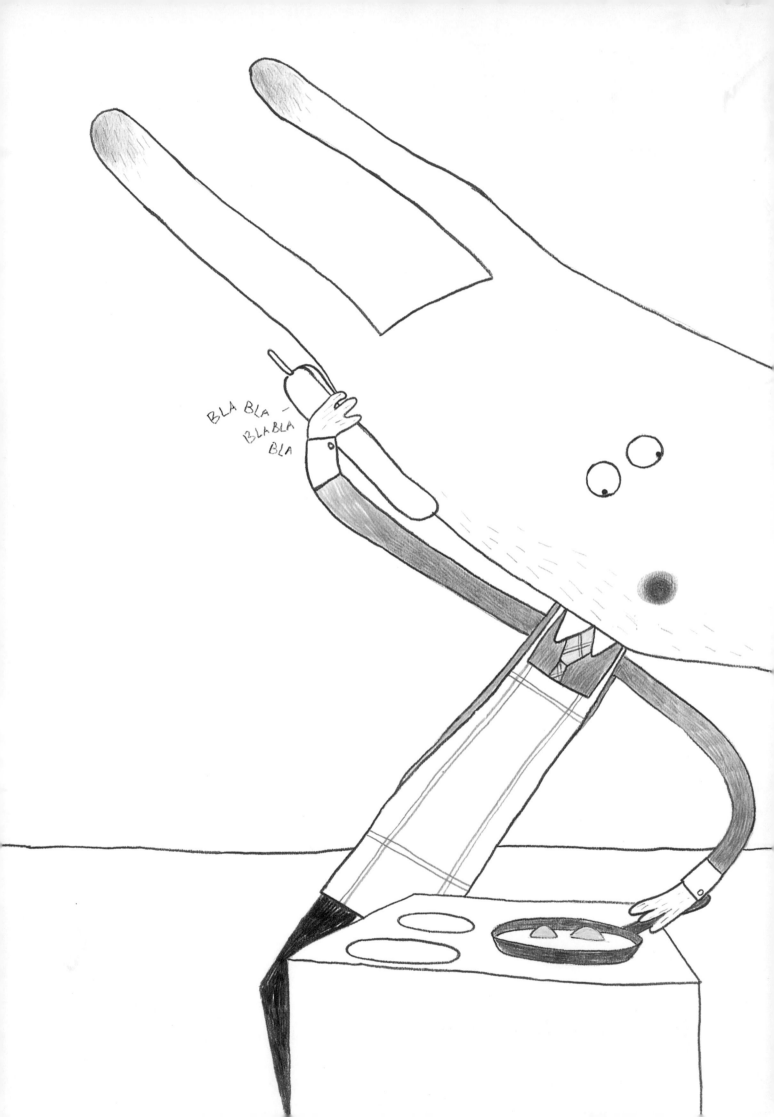

Por la noche, mi Papá de
Alta Velocidad regresa
del trabajo.
¡Y vuelta a empezar!

¡Recieloexpressss!

¡ Cieloyacasiacabo !

¡Unbesosuperexpres

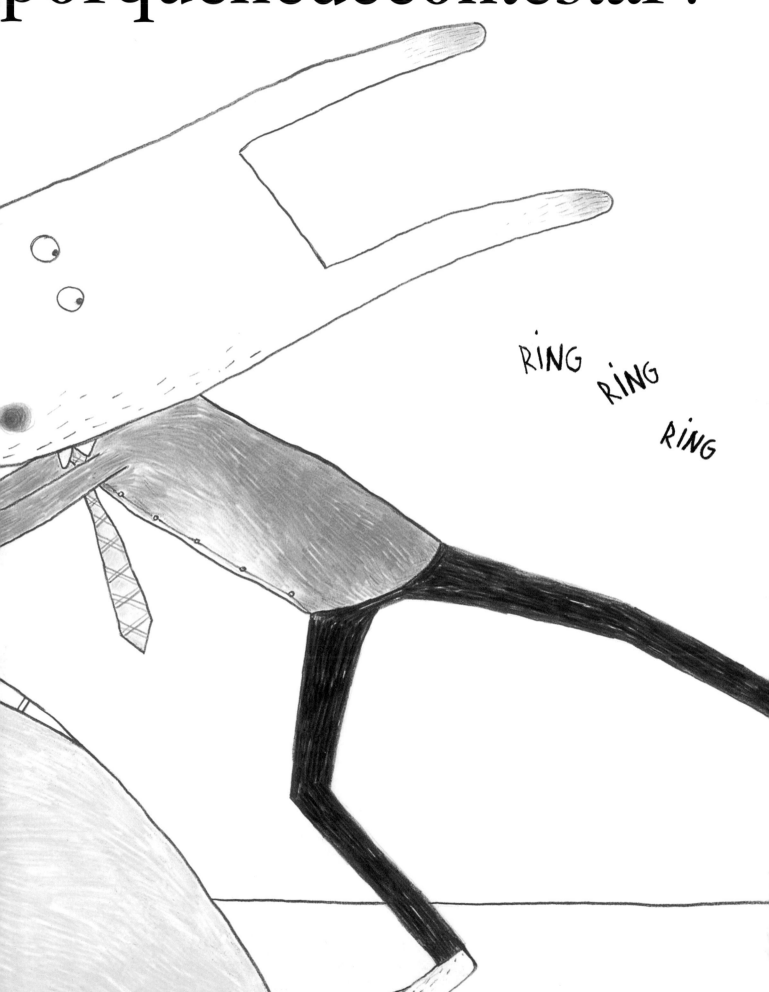

Por la mañana,
unbesocielo
quellegotardíiisimo.

Luego,
la salida...

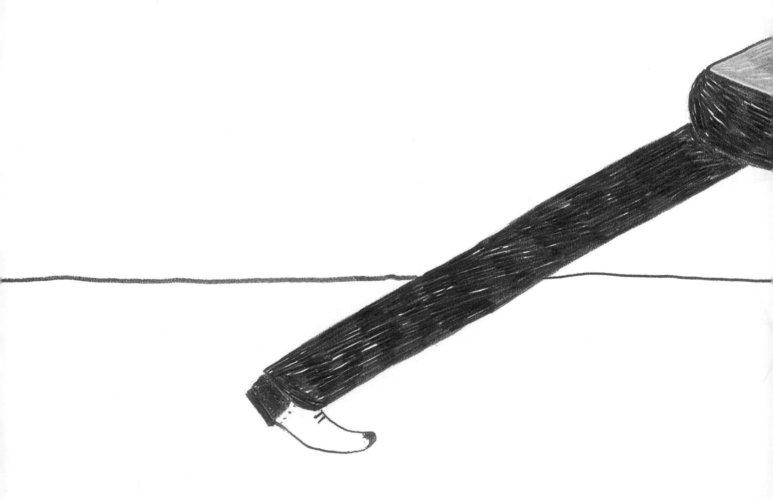

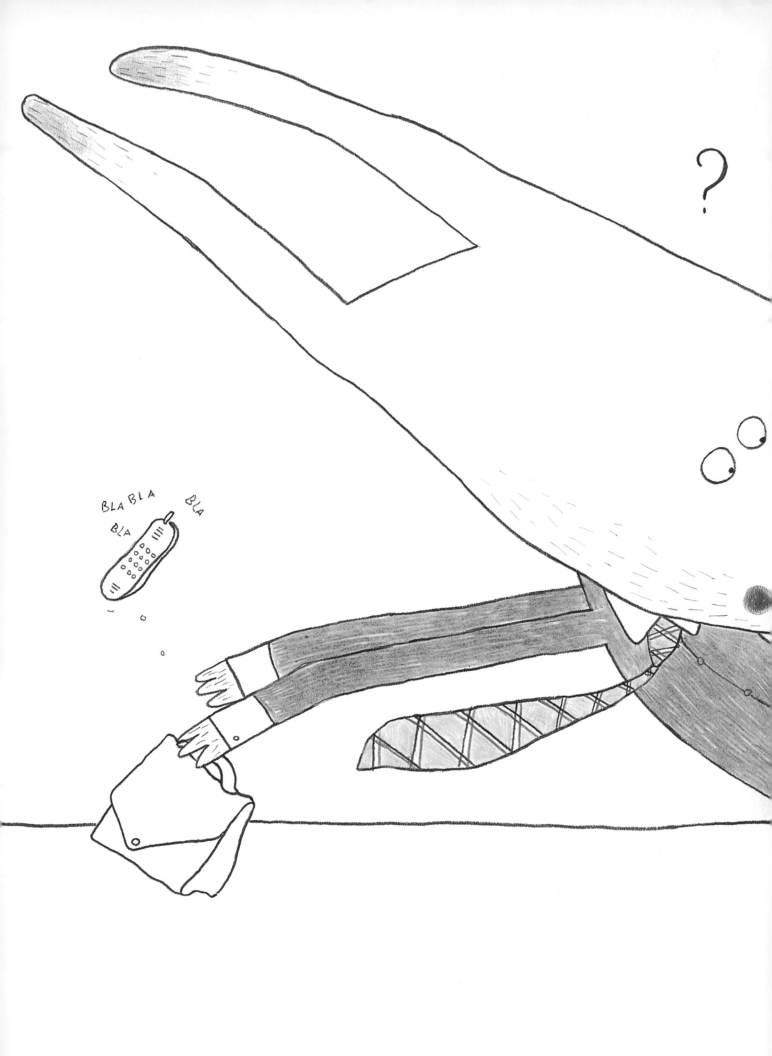

Pero esta mañana,
atención,
atención...

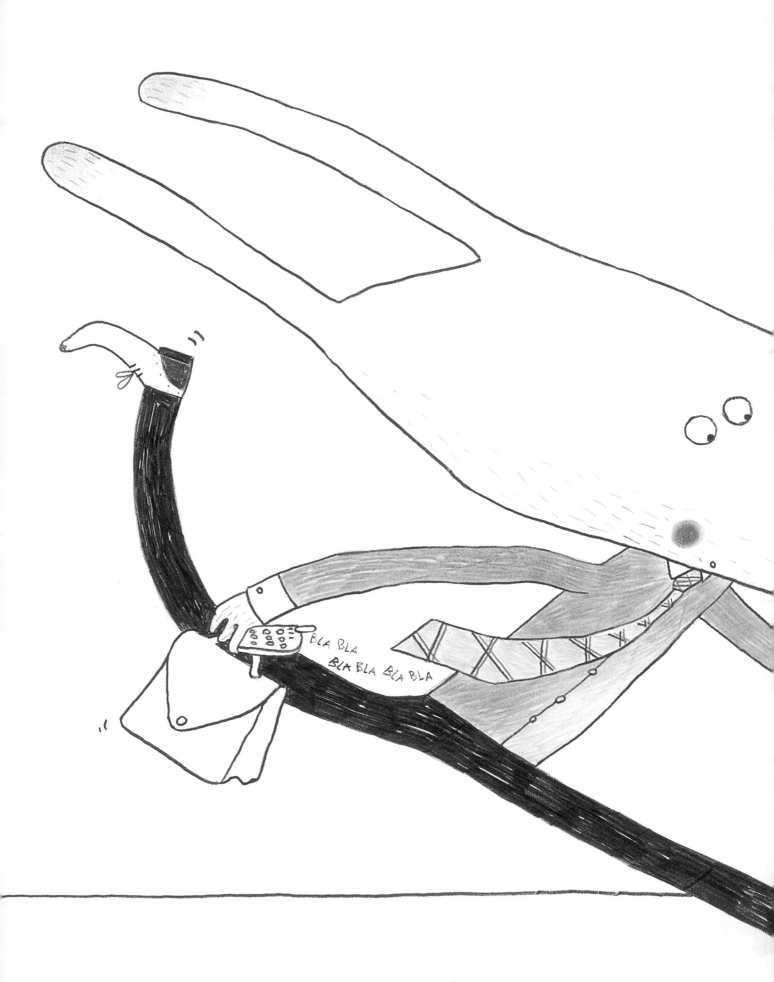

Debido a necesidad
urgente de mimos,
papá exprés
saldrá con un retraso
indeterminado.

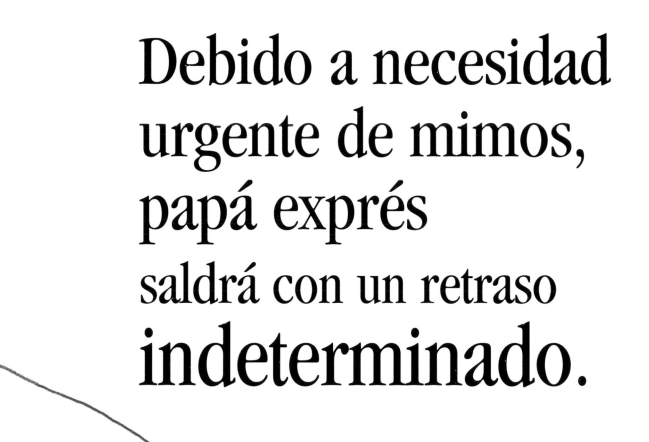

Entonces es...

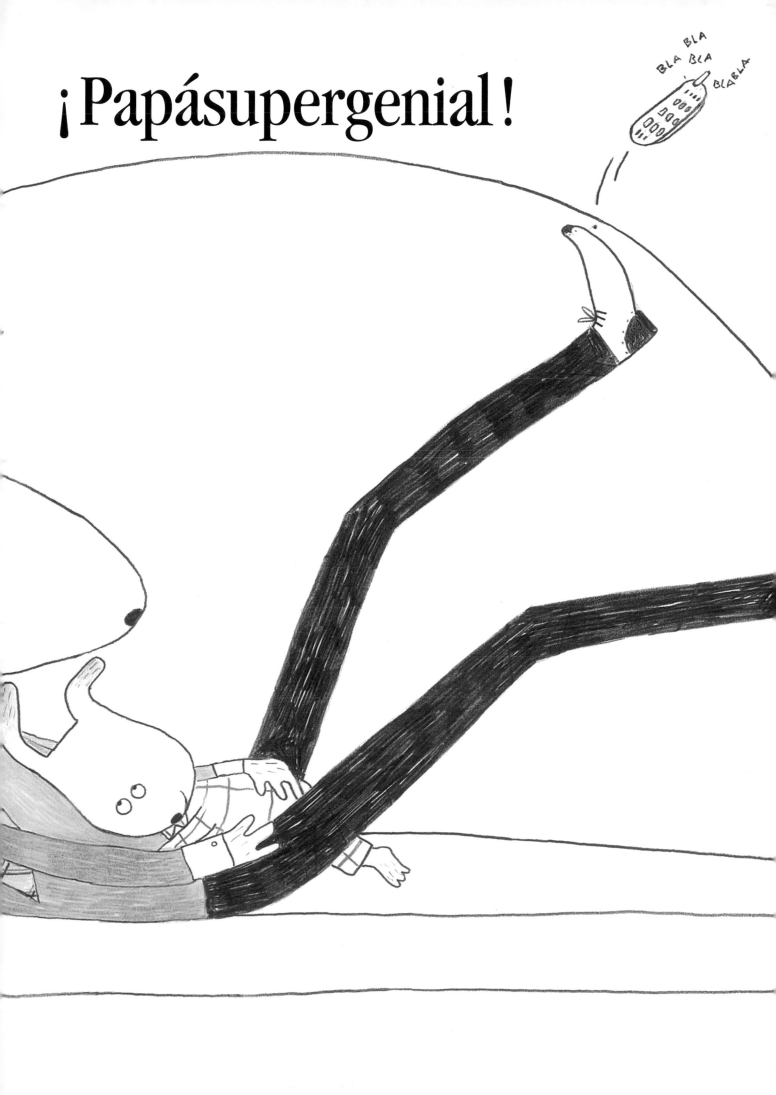

BLABLA BLABLA RIIIIIING RIIIIING

BLABLA BLABLA BLABLA BLA BLA BL

BLABLA BLA BLA BLABL A BLABL

BLA BLA BLA BLA RIIIIIIING BLA BLA BL

BLABLA BLABLA BLABLA BLA BLA BL

BLABLA STOP BLA BLA BLA BLA BLA BL

BLABLABLABLA RÁPIIIDO BLABLA BL

RIIIIIIIIIIIING BLABLABLABLA

TARDE TARDIISSIMO BLABLA BLABLA

BLABLABLABLABLA BLA BLA BLA BLABL

RIIIIING BLABLA BLABLABLA MIMOEXPRE

BLABLA BLABLA BLABLABLABLABLA

CIELO EXPRES BLABLA BLABLABLA BLA

RIIIIIIIIIIIIIING RIIIIIIIING BLABLA

TARDE TARDE TARDE TARDE TARDE TARDE

MIMO MIMO MIMO MIMO MIMO MIMO